울지를 않으마

바람아 내 등을 밀어다오

그대는 지척에 있건만 나는 왜 한 발도 뗄 수 없느냐

발밑의 땅이 나를 붙잡나 보다 그대에게로 맘놓고 드나드는 바람아

미래시선 ⑪

울지를 않으마

리상각

미래문화사

시집에 부치는 말

  우리가 고향을 떠나 북만주로 올 때는 삼 년 후에 다시 돌아
가마 하고 방랑길에 올랐습니다만, 환향 못한 채 어언 반세기
라는 긴 세월이 흘렀습니다. 늘 아침 끼니가 지나면 저녁 끼
니가 걱정되고, 앞문을 닫으면 뒷문으로 찬바람이 들어오는
배고프고 등시린 생활을 한 그젯날에도 저의 몸에는 성주 리
씨의 피가 흐르고 배달족의 얼이 슴배여 있기에 고국을 그리
는 그리운 정은 어쩔 수 없었습니다.
  해방이 되자 우리는 미칠 듯이 기뻤습니다만 고국이 그만
동강나서 돌아갈 길이 막혔습니다. 저를 안아 키워 준 중국이
민족의 언어와 문자·종족·습관을 보호해 주는 데서 우리는 민
족전통을 계승하는 행운을 갖고 있습니다. 그래서 제가 세종
대왕님께서 만드신 글로 시를 쓴 지도 40년 세월이 흘러갔습
니다. 때때로 고국과 고향을 그리는 시를 써서 풀어 보곤 합
니다. 조상의 뼈가 묻힌 고향, 제가 태를 묻고 걸음마를 타던

꿈 같은 고향, 정다운 혈육이 모여 사는 고향이 그리워 어머님께서 낙루(落漏)하시면 저도 같이 울곤 했습니다.

울고 있는 저의 시를 구름에 띄워 보내오니, 수륙 수천 리 밖에서 고향의 하늘을 우러러 읊조린 그리운 정을 고국의 독자 여러분께서 헤아려 주시고 사랑해 주신다면 더없이 고맙겠습니다.

저의 졸저를 추천해 주신 원로 시인 구상 선생님 그리고 출판에 힘써 주신 미래문화사 사장님과 편집을 보아 주신 선생님께 감사를 드립니다.

1995년

중국 연길에서

리상각

차 례
울지를 않으마 / 리상각

차 례

울지를 않으마 / 리상각

차 례
울지를 않으마 / 리상각

차 례
울지를 않으마 / 리상각

겨레의 성산. 4

갈매기

그리움이
물이면
바다가 되리라

푸른 하늘
한끝까지
몸부림치는 바다

그 바다
나는 맴돌며
울어예는 갈매기

목메게 운다
그리운 님이여
야속한 님이여

돌 하나 모래알 하나
바람도 비도 눈도
어느 것이 통일 소원에
몸부림치지 않던가

죽어서 새가 된 혼이
분계선 하늘을 넘나든다
죽어서 물이 된 혼이
철조망을 뚫고 나간다

짓궂게 옷깃을 잡고 흔드는 바람
바람도 내 고향을 떠나왔을까
정다운 목소리 귓전에 들린다만
내민 이내 손은 그 누가 잡아주랴

고향은 눈물

망향월

여름 밤
달이
반공중에 떴다

사무치게
고향 그리워
나 홀로 보는 달

고향도 저 달 보고
날 그리워
한숨 짓겠지

그리움 빚어서
하늘에 띄운 달은
고향의 얼굴

고개를 들어 보면
높은 산마루에
아득히 걸린 달

머리 숙여
눈물을 흘리면

눈물 젖은 강물에 잠긴 달

아 언제 어디서나
내 눈에 들어오는
망향월

실개울

실개울 물소리가 실개울을 떠나서
노상 내 귓전을 맴돈다

고향 떠나 수천 리를 왔어도
실개울 물소리는 내 귓전에
이제는 수십 년 세월이 흘러갔어도
실개울 물소리는 내 귓전에

노래처럼 울리는 정겨운 소리
조용히 눈감고 듣노라면
두고 온 고향이 아물아물
가슴 한복판을 파고든다

다시는 고향을 찾지 말라고
세월은 갈 길에 빗장을 질렀어도
나를 따라온 물소리만은
고향에 돌아가자 소곤대는 귓속말

오가는 길손에겐 무심한 실개울이나
내 몸엔 피와 살로 이어진 핏줄
귓전에 맴돌던 물소리가
나의 온몸을 소용돌이친다

웃다가 떠들다가 속삭이다가
밤이면 밤마다 베갯머리에서
흐느끼는 실개울 물소리
여울져 흐르나니 눈물이어라

실개울 물소리가 실개울을 떠나서
노상 내 귓전을 맴돈다

바닷가에서

바다 한끝에 일렁이는
하얀 물보라
희디흰 손길이
날 오라 부른다

밀려오는 파도를 타고
흰옷 입은 사람들 달려와
가고진 곳으로
날 안아 가려나

오르며 내리며
바닷가에서
서성거리는 이 몸은
그리움에 불이 붙는다

다가와 솨— 솨— 울부짖고
처절썩 눈물을 뿌리고
돌아서는 파도여
네 눈물로는 내 불을 끄지 못한다

조약돌

바닷가에서 고향을 그리다
나는 그만 조약돌이 되었다
울지도 웃지도 못하고
입을 꼭 다문 조약돌이

밀물이야 희롱하건 말건
말없이 바닷가에 누워 있노라니
수륙 수천 리 찾아온 고향 분이
나를 배낭에 기념으로 주워 넣었다

인당수에 빠졌던 심청은
연꽃으로 피어 봉사 부친을 만났는데
조약돌인 나는 고향에 돌아가
누구를 어떻게 만나 볼 건가

울고 싶어도 눈물이 없다
말하고 싶어도 소리가 안 나온다
눈물도 슬픔도 다 삼켜 버린 나
고향의 돌이 된 것만도 다행이다

언제면 나 소생할 건가
끊어진 길이 다시 이어지는 날

고국이여 고향이여 외치면서 나는
조약돌에서 뛰쳐나오련다

원혼

죽어서 새가 된 혼이
분계선 하늘을 넘나든다
죽어서 물이 된 혼이
철조망을 뚫고 나간다

눈을 감지 못하고 떠나간
고국의 수천만 사람들이
땅 밑에 소리 없이 누웠으나
원혼은 삼천리 강산에
산천초목이 되어 외친다

돌 하나 모래알 하나
바람도 비도 눈도
어느 것이 통일 소원에
몸부림치지 않던가

웃던 꽃들은 운다
울던 새들은 목이 쉬었다
녹슨 파편이 뒹구는 숲에서
한숨을 짓는 소리 들린다

하나의 핏줄을 잇자고

번개가 된 원혼은 하늘에
한 줄기 피를 뿜는다
몰아치는 폭풍, 파도는 세차다

죽어서도 잠들지 못하는
고국의 원혼들이여
그 원성에 살아 있는 사람들은
피눈물이 쏟아진다

까 치

산에 나는 산까치
집에 오는 집까치
말해다오 산 넘어 물 건너
우리 고모 우리 누나 잘 있던?

혈육을 기다리다 기다리다
이제 그만 지친 몸
눈물 젖은 옷섶에
보고진 두 눈은 피눈물

새벽에는 새벽까치
몸부림친다
저녁에는 저녁까치
목메어 운다

울다 울다 피 토할
산까치 집까치
말 못할 안타까운 사연에
우짖는 소리 깍깍깍

언제면 기쁨의 강산에
새 소식 전해 줄까

구름 밖을 휘돌아 보고 와서
흰 가슴 물어뜯는 우리집 까치

흰 구름

고향을 떠나올 적에
언덕에 서 계신 할머님
한 점으로 사라질 때까지
흔들어 주신 하얀 머리수건이
하늘을 날아오나 보다

우리 할머니처럼
타향에 아들딸을 보내신
수천 수만의 할머님도
저 하늘에 흰 수건 띄우나 보다

떠나온 자손들을 보지 못하고
세상을 하직한 할머님 원혼들이
오늘도 머리수건을 날리며
보고픈 자손들을 찾아
정처없이 떠다니나 보다

저처럼 하얗게 하얗게
날아오는 구름떼를 보면
산란해지는 마음
주저앉아 실컷 울고나 싶다

강원도 보따리

경상도 문둥이 평안도 골받이
서울 깍쟁이 덤벼 북청이
전라도 개똥세 충청도 멍청이
여러 고장은 별호가 많지만

우리 고향 강원도는 양반입니다
—허 양반이 다 무언가
강원도 감자바울세
강원도 보따릴세

곰곰이 생각해 보니 우리는
감자바우골 떠나 이사도 많았다
원산으로 북간도로 북만주로
손꼽아 보면 서른 번도 더 된다

우리처럼 정든 고향을 떠나
떠도는 이들이 얼마나 많을까
내가 사는 마음에는 문둥이도 개똥세도
골받이도 모두 모두 보따리다

이제는 떠돌기 신물이 났다만
환향 길이 죄다 막혀버렸다

언제면 돌아가 보따리를 내려놓고
올깃쫄깃한 강원도 감자국수 먹어 볼까

김치맛

고향에서
어머님 갖고 오신 건
김치와 장 담그는
솜씨뿐이라더니

꽃이 활짝 핀 듯이
고운 빛깔 눈이 부시다
그릇 밖에 풍기는 향긋한 맛은
한입으로 형언키 어렵다

아삭아삭한 배추김치
새빨간 무깍두기
어머님은 또다시
고향 이야기 꺼내신다

끼니마다
밥상에 찾아오는 고향이
그윽한 정취를 방안에
가득 풍긴다

백양나무

떠나간 님을 기다려
백양나무 한 그루
동구 밖에 서 있네
외로운 나를 대신해

그리움에 지쳐서
앙상한 가지 메마른 잎사귀
마파람에 날리다가 이 봄에
사랑의 샘을 한껏 빨아들이네

푸른 잎새 나부끼는 가지에
아지랑이 아물거리는 봄
어서 오라 님이여 이 봄이 가면
나는 아예 뿌리조차 사라지리라

울지를 않으마

워낙 나는 눈물 모르는 사나이
슬퍼도 울고 기뻐도 울고
고마워도 울고 반가워도 우는
그런 눈물이 내게는 없다

그러나 고국이여 고향이여
그대는 내게 눈물을 주었다

그리워 보고픈 단 하나의 눈물을
반백 년 흘리며 살아왔었다
할머님 어머님 흘리던 눈물을
대를 이어 물려받은 눈물을

무슨 소용이 있었던가
그리운 혈육은 하나도 못 보고
덧없는 세월에 흘린 눈물이
오히려 뼈아프고 부끄럽다

이제는 울지를 말자
이제는 울지를 않으마
갈라져 사는 한 많은 사람들아
눈물을 준 고국이 너무너무 야속하다만

주먹을 부르쥐고서
통일의 힘을 키우자
통일하는 그날에
실컷 울어도 늦지 않으리

이제는 울지를 말자
이제는 울지를 않으마

비

대살 같은 빗줄기
내리꽂히는 빗살 철창에
이내 몸 갇혀 있건만

찾아오는 이
문 밖에서 서성거리나
무시로 창밖을 내다보면

빗줄기 사이사이로
아른거리는 낯익은 얼굴들이여
추억의 은실은 자꾸만 풀리는데

푸른 잎새들이
찬비에 맞는 소리
내 마음도 시리게 비가 내린다

뿌잇한 하늘은
찌푸린 얼굴
누구를 언짢아 하실까

창문을 때리는 빗소리 속삭이건만
추억의 그물에 갇힌 이 몸은
종시 허전한 마음 구석 메울 수 없다

별

밤이면 조용히
별 밭을 쳐다보네

깜박이며
빛을 다투는 별들이
머리 위에 쏟아지려나

꿈에 본 별
할머니 옛말에 나오던
그 왕별은 어느 것일까

멍석을 깔고 앉아 별을 헤면서
옛말을 엮던 할머니는 영영
별 밭으로 가셨는데

어느 별에
할머님 앉아 계실까
잊혀진 옛말 다시 듣고파

밤이면 조용히
별 밭을 쳐다보네

그리운 고향

가벼이 푸른 하늘 날아가는 저 구름
구름이 내 고향을 떠나온 길이라면
고향의 이 아들을 못 본 체 않으련만
무심타 가는 구름 눈물만 뿌리네

구름을 스쳐 나는 저 계절조
계절조가 내 고향을 떠나온 길이라면
고향의 소식을 전해 주련만
구슬픈 울음 소리만 남기고 사라지네

짓궂게 옷깃을 잡고 흔드는 바람
바람도 내 고향을 떠나왔을까
정다운 목소리 귓전에 들린다만
내민 이내 손은 그 누가 잡아 주랴

구름이 두고 간 눈물을
계절조가 남기고 간 울음을
한 가슴에 다 안고 나는 흐느끼네
바람처럼 바람처럼 몸부림치며……

돌아가리

뜨락에 살구꽃이 하얗게 피는 내 고향
어머님 손길이 나를 오라 부르시나
어제도 오늘도 그리움에 눈물 젖어
구름 따라 철새 따라 날아날아 가는 이 마음

뻐꾹새 울어예는 뒷동산 푸른 숲 속에
내 어린 발자국 아직도 남아 있을까
아득히 흘러간 그 시절로 돌아가
정다운 소꿉친구와 숨바꼭질 다시 놀고파

앞 냇가 푸른 버들 눈앞에 삼삼하건만
거울을 마주하니 내 머리만 희였구나
봄 여름 가을 겨울 이다지도 빨리 가나
돌아가리 돌아가리 그리운 이내 고향아

고 향

눈감으면 꿈속에
머리맡으로 다가서네
머리 들어 바라보면
구름에 실려 멀리 떠가다가도

다시 와서 손주들에게
옛이야기 들려주시네
할아버지로도 되시고
할머니로도 되시는 고향

아 고향의 손은 부드러울까
고향의 품은 따스할까
천만 가지로 그려 보노라면
고향도 나처럼 울고 있으리

할미꽃

그리움에 지쳐서
머리가 셌다만

흩날리는 백발엔
봄빛이 어렸다

안타까이 기다려
몸부림치는 꽃

사랑의 횃불을
기운차게 날린다

고향 생각

울밑에 호박꽃이
노랗게 피고 지고

지붕에 박꽃이
하얗게 구름 이는

그리운 이내 고향은
어머님의 흰 손길

구름은 산 넘어
훨훨 날아가건만

새들은 떼지어
훨훨 날아오건만

저 하늘 이내 가슴에
눈물비만 뿌리네

넋

떠날 때는
돌아오마
다시 돌아보며
눈물을 뿌렸더니

가난에 짓눌려서도
해마다 간다더니
땅 꺼지게
한숨을 쉬고 나니 백발이요

백발은 땅 속에
절반 묻은 몸
무심한 구름만 바라보고
한 발도 못 떼는 기막힌 사연이여

태를 묻은
그 땅 그 언덕에
죽으면 넋이라도 찾아가마
하마 외치는 그 사람이여

아닌 밤중에

아닌 밤중에 누군가 똑똑
우리집 문을 두드린다

"얘 상봉아 네 할미
너무너무 보고 싶어 왔다
어서 문 좀 열어다오"

나는 내 귀를 의심하며
잠자리에서 뛰쳐 일어났다

귀에 익은 목소리
"참 애두 왜 문을 잠그지
이젠 내 나이 백하고도 둘인데
손주녀석이 쉰 살 넘겠지"

나는 다급히 소리쳤다
"어머님 일어나세요
할머님 오셨어요
망치로 엿을 툭툭 깨주시던
울 할머님 오셨어요"

"엉? 거 참말이냐?"

어머님 놀라워하신다
갈라져 수십 년 우리가 못 가니
할머님 찾아오신 게다

"여보 당신도 어서 일어나오
애들아 모두 일어나거라"
내 문을 벌컥 열고 나서자
모두모두 따라 나섰다

"할머님 할머님"
불러도 대답이 없다
기다리다 못해서 할머님
돌아섰을까 서운한 맘으로

불안하고 죄된 생각에
할머님을 불렀으나
목이 갈리어
소리가 나오지 않는다

문을 잠그지 않은 채
꼬박 한밤을 지새웠건만
보고픈 할머님은
다시 나타나지 않는다

원 망

가난한 시골에 태어났어도
나는 고향을 원망치 않는다
소도 못 오르는 절벽강산이래도
아름다운 금강산 그늘이 비껴 있다

수륙 수천 리 타향에 왔어도
나는 고향을 원망치 않는다
그 시절 고향인들 어이 하랴
어디로 가나 오나 불구덩인 걸

여지껏 소식조차 없어도
나는 고향을 원망치 않는다
어이 몰인정할 수 있으랴
고향 편지 어느 곳에 와 묵어 있으리

반세기 긴 세월 불러 주지 않아도
나는 고향을 원망치 않는다
회오리바람 몰아치는 세월에
신음하는 고향인들 가슴 아니 아프랴

강원도 양구 해안 태생이길래
내 가슴엔 백의겨레 자랑이 넘칠 뿐

너무너무 고향을 사랑하는 마음뿐
야속한 고향을 원망치 않는다

눈 물

그대여 이름만 들어도
눈물이 난다
그대여 생각만 해도
눈물이 난다
그대여 말만 들어도
눈물이 난다
하냥 그리워 안타까워
속으로만 떨구는 눈물이다
눈물만 주는 그대여
언제면 웃음을 주려나

애초에는 철부지 애들의 장난같이
땅에다 금을 긋고 오도 가도 못하던
그 분계선이 차디찬 철창 되어
혈육을 갈라놓은 감옥입니다

불타는 노을

배달족속

할아버지는 족보를 펴놓고
혈육을 잊지 말라 열당부했건만
우리 형제는 산산이 흩어져
서로 얼굴조차 알지 못한다

아버지는 독립이다 혁명이다 외치며
나라 찾는 길에서 목숨을 바쳤건만
우리 형제는 고국이 동강 나서
갈 길이 막히고 소식조차 끊어졌다

조상을 아는 것이 죄던가
고국을 못 잊는 것이 죄던가
하느님 주는 벌이 억울하다만
죽어도 배달족속은 잊지 못한다

어린것이 엄마 아빠를 부를 적부터
열심히 성과 본을 가르쳐 주고
어린것이 밥술을 들 적부터
열심히 우리말 우리 글을 가르친다

세 월

세월이 가면
흰 두루미도 하얗게 늙어
흘러간 사랑을
추억에 담아 울고 있는가

긴 울음으로 불러 보는
무정세월
대답이 없건만
그래도 미련에
발돋움하고 선 두루미 한 쌍

잃은 것 되찾으려고
꼿꼿이 서서
목쉰 소리로 외쳐대는
그 소리소리에
애간장이 타서 나도
선 자리에 굳어 버렸다

길

한 갈래 길이 끊어져
이쪽도 반쪽 길
저쪽도 반쪽 길

두 반쪽 길엔
날마다 찾아오는 두 사람 있어
서로 바라보아도 보지 못하오

끊어진 길에는
수풀이 산처럼 막아서
우는 두 얼굴을 가리웠소

눈물 자국엔 꽃이 피오
이름 모를 창백한 꽃들도
고개를 숙인 채 흐느끼오

바람아

바람아 내 등을 밀어다오
바람아 내 등을 밀어다오
그대는 지척에 있건만
나는 왜 한 발도 뗄 수 없느냐
발밑의 땅이 나를 붙잡나 보다
그대에게로 맘놓고 드나드는 바람아
내 등을 밀어다오 밀어다오

달과 바람과

달은 웃는다 소리 없이
바람은 운다 눈물 없이
강물은 흐느낀다 말없이
산은 침묵이다 까딱 않고

달과
바람과
강물과
산이
언젠가 한자리에 모이면
달은 소리치리라
바람은 날아예리라
강물은 솟구치리라
산은 뛰리라

서로 부둥켜안고
외치는 말을
오 나는 들으리라
가슴을 헤쳐 놓고

더는 참을 수 없는 뼈아픔

작은 살점 하나 몸에서 떨어져도
모진 아픔은 참기 어려운데
나라의 허리가 뭉텅 끊어진
분단의 뼈아픔은 어떠합니까

망국노 세월에 흩어진 혈육이
해방의 종소리 들은 지도 반백 년
소식조차 묘연해 몸부림치며
비탄에 울고 있는 백의겨레여

애초에는 철부지 애들의 장난같이
땅에다 금을 긋고 오도 가도 못하던
그 분계선이 차디찬 철창 되어
혈육을 갈라 놓은 감옥입니다

삼십육 년 세월이 짧던가요
반세기 분단세월이 짧던가요
한 세대 생이별의 한을 품은 채
저 세상 떠난 이는 몇몇인가요

하늘을 보세요 우뢰 웁니다
나라를 찾으려 주린 창자 붙안고

만국에 피를 뿌린 애국지사들이
천국에서 울부짖는 사자후 아닙니까

소나기로 피눈물이 쏟아집니다
한강이 그대로 피눈물의 강
대동강이 그대로 피눈물의 강
7천만 겨레의 설움을 실은 강

이대로 분단의 뼈아픔을
어찌 또 후손들에게 넘겨 줍니까
씻지 못할 시대의 죄악입니다
삼천리 강토에 소나기 내립니다

7천만 동포여 7천만 손으로
통일대문을 활짝 엽시다
얼싸안고 아픈 가슴을 탕탕 두드리며
너 왜 인제 왔나 소리쳐 울어 봅시다

이국의 조선 사람

망국노 되기를 원치 않아
쪽박 차고 이국만리 떠났던 사람
해방의 종소리 들려 왔어도
고국으로 돌아갈 수 없었던 사람
어언간 반세기 세월이 흘러
머리가 하얗게 센 조선 사람

언제면 혈육을 만나 볼까
일력장 번지면서 한숨을 짓고
언제면 고국 땅 밟아 볼까
떠나온 세월을 손꼽아 보며
남몰래 눈물짓는 조선 사람

구십에 가까울 아버지는 생전일까
코흘리개던 처남도 환갑일 테지
뜨락의 배나무 가꾸던 일도
아득한 옛말로 들려주면서
손자를 품에 안고 눈물짓는 조선 사람

한숨과 눈물을 어느 누가 즐기랴만
구슬픈 유행가를 아직도 못 잊고
—내가 살던 고향은 꽃피는 동산

—그 속에서 놀던 때가 그립습니다
아잇적 추억을 더듬는 조선 사람

남북이 손을 서로 잡는 날이면
세싱을 놀래기는 기적을 떨치련만
슬기로운 겨레는 갈라져 있으니
돌아갈래야 갈 수 없고 소식조차 묘연해
이국에서 땅 치며 통곡하는 조선 사람

노을에 새겨진 글발

남과 북 어디나 가림 없이
찬란한 조선의 쪽빛 하늘에
짓붉게 물든 저 노을은
온 겨레가 하나같이
아침마다 우러러보는 깃발이다

조회에 모이는 학생들이
새벽 물 긷는 아낙네들이
쟁기를 손질하는 농부들이
뜨락을 쓰는 노인들이
새벽 달리기하는 아이들이
쳐다보는 노을
우러러보는 깃발

저 노을에 저 깃발에
무슨 글이 새겨졌기에
저리도 눈 박아 보는 것일까

외국인 눈에는 보이지 않는 글
오로지 조선사람 눈에만 보이는 글
아 저 노을에 새겨진 글발은
―통일! 통일! 통일!

새파란 동해바다 끝을 보아도
아름다운 금강산을 보아도
백두산 마루에도
한라산 머리에도
불타는 노을에 새겨진 글발
— 통일 ! 통일 ! 통일 !

깃발같이 펼쳐진 노을에
횃불같이 타오르는 노을에
금빛을 뿌리는 글발—
조선의 노을은
통일의 깃발이다 !
통일의 깃발이다 !

온 겨레의 가슴에
염원을 불태우고
희망을 키우고
붉은 피 끓게 하는 노을이기에
저처럼 아침마다 뛰어나와
읽고 또 읽는 게 아닌가

글자 획마다 황황 불을 뿜는다

민족의 넋으로
투사들의 충혼으로
새겨진 저 글발은
가슴가슴에 불을 지핀다

하늘에 펼쳐진 조선의 노을
노을에 새겨진 글발
조선이 추켜든 통일의 깃발이여
온 겨레는 가슴을 치며
아침마다
    읽는다
        외친다
─통일 !
        통일 !
            통일 !

새들이 운다

망국의 설움에 땅 치며 통곡했던
이국 만리 타향에서
40년 긴 세월 갈라졌던 오누이
부둥켜안았다 우는 울음을
상봉에 기꺼운 눈물이라 할 거냐
이별에 애태운 설움이라 할 거냐

새파란 나이에 갈라졌다
부둥켜안고 보니 백발이구나
목이 꺽 메어 떨리는 입술
말도 못하고 흐려지는 눈길

남이다 북이다 동강 난 고국에는
지척에서도 못 보는 한 많은 세월
꽃피는 봄에도 새들은 울었다
겨레의 피눈물 생이별을 두고
하늘도 울었다 땅도 울었다

삼천리 강산에 금을 긋고
하늘에 금을 긋고 바다에 금을 긋고
오노 가도 못한 그 한에 기막혀
고국에서도 울지 못한 상봉의 눈물을

이국에서 흘리나니 강이런가 바다런가

오누이 들먹이는 두 어깨 위에는
동강 난 그대들의 고국도
하나로 부둥켜안고 흐느끼는가
겨레의 뜨거운 피는 뒤엉켜
뛰고 끓고 솟구치는구나

아 고국의 강물이 흐느낀다
고국의 바다가 울부짖는다
―문을 열어다오 통일의 문을
  울어도 상봉의 울음을
  고국 땅에서 싫도록 울리라

날이 새면 다시 갈라져야 할 신세
갈라지면 언제 만날지 모를 신세
우주가 몸부림친다 찰나에
고국의 새들도 구슬피 운다

분계선·1

기나긴 세월에 분계선이여 너는
조선의 허리에 빗장을 질러 놓고
슬기로운 겨레를 갈라 놓았다
7천만 겨레의 가슴가슴에
못을 박았다

찢어지는 듯 가슴 아프게
통탄할 일이다
가는 길이 막히고
오는 길이 막혀
소식조차 전할 길 없이

갈라진 혈육을 애타게 그리다
피눈물로 반세기 긴 세월 보내다
생이별 한을 품은 채
저 세상으로 떠난 이는
또 몇몇인가

7천만 원성을 들으면서도
7천만 주먹질을 받으면서도
파렴치하게 한가운데 버티고 서서
묵묵부답인 너

저주로운 분계선이여

반만년 반도의 역사에
생각조차 못했던 분계선 담벽이여
조선이 둘로 갈라진 원한이
동족의 생이별 비운이
분계선에 서리서리 얽히었거니

부르쥔 주먹이 부서지더라도
분계선 담벽을 무찌르지 않고는
태산같이 쌓이고 쌓인 한을
어이 풀린다더냐

기어코 기어코
통일의 염원은 불길로 타 번져
삼천리 강산을 휩쓸리니
안개처럼 연기처럼 사라질 때는
오리라
너 죄악에 찬 분계선이여
원한의 분계선이여

겨레는 피타게 외친다

듣느냐?
―조선은 하나다!
　민족은 하나다!
　염원도 하나다!

분계선·2

한 마리 사나운 사자가 되어
사나운 호랑이 되어
사나운 늑대가 되어
잉악스레 분계선을 물어뜯을까 보다

차디찬 철조망 긴 담벽을
짐승이 뼈를 씹듯이
우적우적 소리가 나도록
짓씹어 통쾌하게 삼킬까 보다

땅땅한 철조각과 팻말과 돌들을
가루 되도록 한입에 짓씹으며
내 이가 부숴진들 어떠리
내 창자 잘못된들 어떠리

통일의 환성이 홍수 터지듯
이곳을 휩쓸고 지나가려니
한입 또 한입 분계선을
꽁지 하나 남지 않게 삼킬까 보다

동해 바다

드넓은 조선의 동해바다
와— 와— 소리를 지르며 달려와
바위를 들부수며 열 길 솟구친다
7천만 통일염원에 폭풍으로 터져
바다가 된 게다
노도가 된 게다

산악 같은 파도— 조선의 마음
아 언제면 동해 바다여
분단의 뼈아픈 설움을 다 씻으랴

짝사랑

주여 맘놓고
사랑하게 하여 주소서

머얼리 떠나온 이 못난 사나이를
그대 사랑하지 아니 하더라도
내게만은 그대를 마음으로
사랑할 자유 주소서

얄미워하시나이까
못난이 사랑이라서
속마음 사랑인데야
죄 될 게 무어리까

너그러이 살펴 주소서
그리움에 몸부림치오니
울음만 아는 사랑이라도
내게는 소중하오니

이 가슴 쓰리도록 사랑하리다
사랑하다 죽어도 기꺼우리다
주여 맘놓고
사랑하게 하여 주소서

작은 이름

아직도 당신은 기억하고 계시나요
당신이 지어 준 풀잎 같은 이름을

족보에 정해진 상(錫)자 돌림에
옥편을 번지며 지었다는 이름
우리집 일가친척에게는
하나의 작은 웃음주머니였던 이름

이쪽에서 손뼉 치고 부르면
이쪽으로 타박타박 기구요
저쪽에서 손뼉 치고 부르면
저쪽으로 캐득캐득 기었겠지요

이제는 당신이 불러 준 이름이
먼 나라 하늘 밑에 서럽습니다
떠나올 때 집뜨락 배나무에다
손칼로 작은 이름이나 새겨 뒀을 걸

참으로 긴 세월 흘러갔어요
고향에 이름조차 남기지 못했는데
당신이 저를 어찌 알 수 있나요
당신이 저를 어찌 알 수 있나요

아 풀잎 같은 저의 작은 이름을
당신이 애타게 부르는지 몰라요
고향이 너무너무 멀고 멀어서
아마도 제가 듣지 못하나 봅니다

솔

금강산 솔씨 하나
두만강 날아 넘어와
북국 칼벼랑에
뿌리를 박았네

비바람에도
눈보라에도
애솔은
푸른 빛 짙어 가네

그리워
남으로 뻗은 솔가지
흔드는 푸른 옷소매는
눈물에 젖었네

어디선가
날아온 솔새 한 마리
솔을 위안하느라
종일 가지에 앉아 우짖네

불구름

하늘 끝에서
노을에 물든 불구름이
산채같이 파도같이
솟아올라 뒤척이는데
살같이 날아가는 새들이
곧장 구름 속으로 숨어 버린다

불구름이 뒹구는 저 곳에
내 동년의 꿈도 숨었다
저 불구름 뒤에
그리운 이들 모여
날 기다리지 않을까

때없이 우뢰를 싣고
무섭게 소리를 지르며
뒹구는 저 불구름
내 가슴속 심장도
불구름이 되어 피어 오른다

오 불구름 불구름
나도 네 속으로 뛰어들란다

강은 강이래도 울 아버지 강
물은 물이래도 울 어머니 강
인제강 맑은 물에 산이 안기듯
비껴 있는 이내 몸은 떠날 줄 몰라
해저문 황혼에 강도 울고 나도 운다

울 아버지 강

명 복

구천에서 아버님
날 찾아오셨네
—고국으로 가느냐?
　아버님 물으셨네

떠나긴 해도
길이 험해요
불안한 마음
가라앉힐 수 없어요

—실없이 걱정일랑 마라
　명복을 빌어 주마
　살아 생전에 내가 못 간 길
　네가 떠나니 기쁘다

선친이 잠드신
돌모로도 가 보고
너의 태를 묻은 땅
만대리도 가 보고

죽을 고생 다 겪던 옛날이사
헤아려 무엇하랴

혈육을 찾거들랑
구천에 알리렴 —

아버님 홀연
사라지셨네
꿈인가 생시인가
눈물 젖은 베갯잇

트렁크 손에 잡고
문 밖을 나서니
비행기 뜨는 하늘
아 오늘 따라 푸르청청하여라

하늘에서

비행기 잡아타고
날아가는 구름 속

고국의 하늘은
어디서 시작일까

마음이 후더워지니
예가 바로 내 고국

천 길 아래 굽어보면
푸른 바다 끝난 곳

아롱다롱 고층 건물
비좁게 들어서서

날 보고 안아 주려나
하늘 향해 뻗친 손

길잡이 새

이리로 자 이리로 오시래요
댕기 같은 저 고갯길이
해안으로 가는 길
찍 쨱 찍 쨱

고운 새 한 마리
길잡이 나섰네요

어디서 오는 손님이죠
해안은 처음 길이죠
이 고장 사람들
길손을 반겨요

처음 길 아니다 손도 아니다
하고픈 말 꿀꺽 삼켰어요

강원도 사람처럼
새도 목청이 고와요
해안의 후한 인품 대로
새도 저렇듯 인정스러워요

아니 저 길잡이 새

내 고모 넋이 아닐까

그 목소리 그 마음씨
신통히 고모를 닮았건만
왜 조카를 몰라볼까
길손으로 여길까

오호 오십 년 긴 세월 흘렀으니
그럴 수도 있겠지요

길잡이하는 새
이 가지 저 가지 옮겨 앉으며
찍 쨋 찍 쨋 울어예니
내 가슴 갈갈이 찢어져요

제가 왔어요

제가 왔어요 할머님
제가 왔어요 고모님
고향에 제가 왔어요
불러도 대답 없는 야속한 고향

할머님 손바닥에서
"앵콩"하던 제가 왔어요
고모님 등에서 오줌 싸던
제가 어른 되어 왔어요

곤백 번 외워 둔 말을
이젠 누굴 보고 해야 하나요

식탁에 마주 앉아
음식을 나누는 꿈도 꿨건만
그립던 이야기 옛말로 엮어
밤을 지새우는 웃음도 지어 봤건만

세월의 부대낌 속에서
이산가족 아픔을 씻지 못한 채
무슨 억울함을 안고서
이 세상 하직했는지

만리를 마다하고 찾아온 몸이
산에 올라 외쳐 봅니다
들에 나가 울어 봅니다
할머님! 고모님!

혼이라도 계시면 만납시다요
고향에 제가 왔어요

강도 울고 나도 운다

푸른 산을 안고 도는 인제강 물이
울 아버지 뗏목을 묶던 손으로
얼없이 서 있는 내 발목 어루만진다
어떻게 너 고향을 찾아왔느냐
물으시며 처절썩 흐느낀다

푸른 산을 비껴 안은 인제강 물이
울 어머니 빨래하던 손으로
기슭에 물보라를 하얗게 일군다
새하얀 옥양목을 헹구듯 하며
날 보고 반갑다 즐겨 웃는다

어려서 갖고 놀다 집어 던진 돌
그 작은 조약돌은 어느 것일까
인제강에 씻기고 씻긴 돌들이
보석처럼 반짝이며 재롱 부리며
내노라 앞다투어 다가서는 듯

뉘라서 산은 옛산이로되
물은 옛물이 아니랬던가
사랑과 정을 두고 떠나온 고향
흘러 흐르는 인제강 물은

흘러도 옛물과 다름없구나

강은 강이래도 울 아버지 강
물은 물이래도 울 어머니 물
인제강 맑은 물에 산이 안기듯
비껴 있는 이내 몸은 떠날 줄 몰라
해 저문 황혼에 강도 울고 나도 운다

단풍잎

가파로운 강원도 산에
빠알간 단풍잎이
노오란 낙엽이
날 기다린 듯이
화려한 담요를 폈다

또 하나 고운 잎이
살그니 어깨에 내린다
추억을 하나 주워 들고
산에 성큼 들어서서
온 산이 쏭얼쏭얼 애기한다

가을 햇빛이 뒹구는
환하게 웃는 산이
날 포근히 안아 주고
추억의 고운 잎잎은
눈물겨운 이야기 끝없다

해마다
그리움을 연륜으로 두르며
눈물을 속으로만 떨구던
무수한 단풍잎이 쌓인 산

서러움은 끝없이 술렁인다

단풍잎 하나에
추억 하나
고향의 아픔을 우는
낙엽을 밟고 가는 마음이 괴롭다

옛 집터

예가 내 고향의 옛 집터
지금은 논으로 돼버린 집터
내가 동네 할머님 손에 거꾸로 매달려
인생의 첫 울음 터뜨리던 곳

그 울음이 반세기 긴 세월에
실향민 울음이 되어
그칠 줄 모르는 서러운 울음이 되어
오늘도 찾아와 흐느끼노라

예가 내 고향의 옛 집터
물레 잣는 어머님 어깨를 잡고
내가 첫 발자국을 놀랍게 떼서
일가친척의 기쁨이 되던 곳

그 걸음이 철모르는 시절부터
방랑길에 오를 줄 어찌 알았으랴
천리고 만리고 떠돌다가
이제는 고향이 알아 못 보는
길손이 되었노라

가을걷이한 논판에 들어서서

내 집 기왓조각 하나 줍지 못하고
나는 울지도 못하노라
나는 웃지도 못하노라

정다운 이들

고향에 와서 만나는 이들은
모두 다 친척으로 보인다
혈육을 만난 듯 반갑다

최씨면 외가편이요
김씨면 할머님편이라
성주 리씨야 더 이를 데 있는가

타향 만리 아득한 구름 밖에서
목마르게 혈육이 그립던 사람은
한 겨레가 더 더욱 그리운 줄 안다

이민족 속에서 쌀에 뉘처럼 살며
때론 기차 안에서 우리말만 들어도
귀가 번쩍 열리던 나다

아무렴 그렇지 않으랴
우리 모두는 단군할아버지 후손
한 뿌리에 달린 배달족속

고향의 정다운 이들은
단군할아버지 모시고 산다고
그렇게 웃는 눈들이 말해 준다

서글픈 마음

어려서 고향을 떠나지 않았다면
저맘때 나이에는
고향 처녀들에게 정이 푹 들 거야
달콤한 사랑에 즐거웠을 거야

부모님은 서둘러 짝을 찾아 주노라
공연히 부산을 떨 게고
나는 나대로 마음 드는 처녀와
밤이면 밀회를 가졌을 거야

그러나 인제는 내 정들 처녀는
진작 손자 있는 할머닐 거야
고향 처녀들 저처럼 다소곳이
고개 숙이고 지나가니 서글픈 마음

반세기 기나긴 세월을 두고
눈물로 그리던 내 고향
아 마음의 천국은
보지 못한 이들마저 그리워지게 한다

고향 별

초가을 내 생일엔
벼이삭 겨우 골라

손으로 훑어 내어
햇이밥 지었더라

고향 별은
우리 어머님
사랑의 바다일레

고향 떠나 반백 년
이제야 찾아왔다

금물결 설레이며
흐느끼는 내 고향

서럽다
이 몸은 다시 또
떠나갈 길손일레

고향 개울물

개울물 흘러흘러
동으로 떠나갔다

이 몸은 흘러흘러
북으로 떠나갔다

놀랍다
너와 나 오늘
꿈 같은 만남이

수풀 속 달리면서
조잘대는 물소리

세상에 으뜸가는
아름다운 노래로다

황혼에
홀로 듣노라니
옷섶이 다 젖누나

동 해

속초라
강원도 기슭을 치는 바다

원한에 몸을 떨고
슬픔에 우는 바다

말하라
물 가르는 칼
세상에 있더냐

동해물 퍼낸 뒤
통일이 온다면야

7천만이 떨쳐나서
바닷물 퍼내리니

동해여
너도 한스러워
천공에 솟누나

한 강

보지 못하고 늘 노래 부르던 강
한강가에 꿈같이 내가 와 섰다
무정세월 한 허리를 친친 동이던
그 옛날 노들강변 나루터는 어디

수상어선 타고 놀던 깊고 얕은 물
구슬픈 배따라기 지어 준 강가
업고 지고 쫓기며 흩어진 겨레
한 많은 강이래서 한강이라 부르는가

백의겨레 눈물이 모이고 흘러
검푸른 바다로 달려가는 강
혈육을 찾지 못한 외로운 나도
눈물로 한강물을 보태어 준다

오륙도

해운대 바다가 해를 낳을 때
찬연한 노을이 깃발을 폈다
오륙도 다섯 얼굴은 여섯 얼굴로
여섯 얼굴은 다섯 얼굴로

숨바꼭질하는 모양 더욱 귀엽다
부끄럼 타는 모양 더욱 어여쁘다
춤추는 바다에 떴다 앉았다
미역을 감는 깨끗한 오륙도

아리따운 용녀들 다섯씩 여섯씩
햇빛 밝은 강산에 시집을 오는 건가
해운대를 바라고 오륙도가 헤엄치니
피 더운 내 가슴 후둑후둑 뛴다

에밀레 종소리

어머님 등에 업혀
만리 길 떠나서

파란 많은 인생길
가시덤불 헤쳤나니

가슴에 노상 울렸네
에밀레 종소리

에밀레 종소리
속 시원히 들어 볼까

조약돌 들었다가
슬그머니 놓았네

불쌍한 어머님 생각에
눈물눈물 솟아라

여주에서

― 세종대왕 능묘를 참배하고

가장 큰 슬픔 속에서도
가장 큰 기쁨이 있사옵니다
여주에 고이 잠드신 세종대왕님
손수 만드신 우리 글이 있어
눈물겹도록 행복합니다

대왕님 만드신 글이 아니더면
우리말이 그대로 있을 법합니까
우리 글이 아니면 우리 반도가
문명 나라로 일어설 법합니까

왜적이 총칼로도 없애지 못했던
우리 글은 배달족의 불사조구요
고국이 남북으로 갈라졌어도
분계선을 모르는 하나의 글입니다

산 넘어 물 건너 수륙 수천 리
먼 나라 하늘 밑에도 불사조는 날아
배달족의 넋을 불러일으킵니다
하나의 겨레 하나의 말과 글은
하나의 나라를 그리옵니다

여주에 고이 잠드신 세종대왕님
모르고 받은 대왕님 은총은
우리에게 얼마나 큰 것이옵니까
깊숙이 머리 숙여 절을 드리옵니다

가장 큰 슬픔 속에서도
가장 큰 기쁨이 있사옵니다

송화산 마루에서

— 김유신 장군 능묘를 참배하고

통일대업을 빛내신 장군님 앞에
분단의 뼈아픔을 안고 와서
찾아뵙기는 부끄러운 줄 알면서도

충효동 송화산 마루에 올라
하늘이 지켜 주시는 큰 달의 빛을
이 몸에 받아 안음은
더없는 자랑이외다

달 두리에 서리고 서린
배달의 얼이
천이백 년
하나의 고국만을 가르쳐 주신 님

지금은 뼈아피 우시나이까
구슬픈 새들의 우짖음에
갈갈이 찢어지는 내 마음

깊숙이 머리 숙여 절을 올리오니
장군님 또다시 가르쳐 주시옵소서
깨끗한 겨레 얼이 무엇인가를

철 길

핏줄처럼 뻗었던 철길이
동강 나서 침묵을 지킨 채
저주를 삼킨 지 몇몇 해

갑자기 내 귀에 울리는 고동 소리
달려가고 달려오는 환호 소리
삼천리 강산을 들었다 놓은 소리

가슴이 터지는 환희여
열차에 몸을 싣고
웃고 우는 사람들
눈앞을 스쳐가다
홀연 사라지는 아쉬움이여

또다시 침묵의 분계선
분계선에 수풀이 무성하고
잊지 못한 쇳덩이는 녹슬고
불타는 가슴에는 재만 남고

웬 마귀가 분계선에 도사렸길래
철길이 뻗지 못하나
끊어진 내 팔의 아픔이여

어서 한 나라 한 땅에 쌓인 설움을
밀고 나아가라 철길이여 철길이여

어서 한 나라 한 땅에 쌓인 설움을
밀고 나아가라 철길이여 철길이여

강원도

세상에 강원도가 몇이라던가
세상에 양구가 몇이라던가
꿈에도 그려 보던 그대 앞에서
눈물이 앞을 가려 보지 못한다

푸르디푸른 산 고갯마루는
석별의 손잡고 헤어지던 곳
눈물이 방울방울 떨어진 곳에
이름 모를 꽃들이 소복소복 피었다

아버지 갈고리손 허비던 밭이요
어머니 흰 빨래 헹구던 실개천
앞을 봐도 뒤를 봐도 모두 내 사랑
조약돌 하나라도 은금으로 보인다

세상에 강원도가 몇이라던가
세상에 양구가 몇이라던가
천만 리 마다하고 찾아온 몸이
네 품에 안겨서 뒹굴어 본다

양구 사람

양구 사람은 연기 같은
한숨이 무언지 모른대
속이 타서 이제는
식은 재만 남았대

보고진 사람도 못 보고
가고진 고장도 못 가고
그리운 눈물은 마르고
청 좋은 강원도 목소리는 쉬고

그저 두 눈만 편히 뜨고서
바라보느니 재만 남았대
문만 나서면 보게 되는
싫어도 보게 되는 그 분계선 때문이래

별 맛

단 배도
내게는 목이 메었다
향긋한 인절미도
내게는 목이 메었다

참배 따 주시던
할머님 그 손이 어른거려
수절에 인절미 꿰 주시던
어머님 얼굴이 어른거려

고향의 소녀 모습이 비낀
옹달샘 꿀물이라도
입을 대자니
주저심 앞섰다

그 누가 고향 음식이
별맛이라 했던가
내게는 모두 다 목이 멘
설움의 눈물이다

물레와 물레방아

물레방아는 어떻게 생겼을까
외할머니 방아 찧다가
감겨들어 종신병 되었다가
저 세상으로 갔다는

물레는 어떻게 생겼을까
어머님 물레질에 졸음이 오면
나를 꼬집어 울게 하고
젖을 물려 잠깐 눈을 붙였다는

고향에 가면
그 물레방아 볼 거야
그 물레 볼 거야
어머님 말씀했건만

그 물레 그 물레방아
내 고향에 자취조차 없었다
차라리 잘된 거지 있었다면
눈물 나서 내 어이 볼 거나

백로 두 마리

아마도 제주도에서
날아온 게다
아마도 백두산에서
날아온 게다

하얀 백로 두 마리
울 할머니 지은 흰 옷 입고 왔을까
할아버지 지어 입으신
그 흰 두루마기 같은 옷

눈같이 흰 깃을 들어
푸드득거림은
할아버지 추시던 그 춤을
배워 둔 겔까

그런대로 마주 서서
긴 목을 빼들고
서로 기웃거림은 목이 메어
할 말 못하는 설움일 게다

눈

눈이 내린다
강원도 양구 해안 언덕에
눈이 펄펄 내린다
떠날 때 빈손이던
가난한 살림같이

눈이 내린다
인정을 안고 간
겨레의 결백한 마음같이
앞날을 믿고 살자 뿌려 준
축복의 흰 꽃보라같이

이제는 산란한 심사
날리는 흰 두루마기 옷자락같이
듬성듬성한 내 머리 백발같이
불이 붙는 가슴에
흩날리는 불씨같이

눈이 내린다
눈이 펄펄 내린다

흙 한줌

흙 한줌
내 호주머니에 들어온다
풀 한 포기
내 앞가슴에 들어온다

고운 꽃 향긋한 열매
좋기는 하다만
시든 낙엽마저
내게는 귀중하다만

아무렇게나 덥석 쥐어 보는
한줌의 흙에도
선친의 피가 스몄기에
내 눈물이 습배었기에

차곡차곡 접어서
수륙 천만 리 지니고 가리라
눈물 많은 어머님 앞에 내놓고
눈물겨운 이야기 나누리

애절한 마음

가고 오지 못할 길은
가지나 말 걸
오고 가야 할 길은
오지나 말 걸

가며 오며 뿌린 것이
눈물일진대
오며 가며 밟은 것이
꽃일진대

차라리 눈감고
보지나 말 걸
그래도 미련은 남아 있던가
약속을 두고 우는 애절한 마음이여

또다시 만리라도

고향을 등지고 떠날 적에는
개울물도 흐느껴 울었던 거예요

못 잊어 다시 돌아볼 적엔
산도 목이 메어 흐느꼈어요

그립고 보고지던 이야기 나누자
개울물이 살같이 달려오네요

산은 푸른 소매 내흔들면서
얼싸안아 보자 어깨를 흔드는데

산마루에 한 점으로 서 있던
그리운 이들은 어이 안 보이나요

산이여 개울이여 떠나가리라
혈육이 있는 곳이면 또다시 만리라도

점쟁이

살 길이 막막해서 우리 아버님
장님을 찾아가 점을 쳤어요

—북으로 북으로 들어가면은
　황금이 굴러들어 부자 될 거다

죽기를 내기하고 북으로 북으로
고향을 등지고 떠났더래요

거기서 옷가지를 다 팔아먹고
하마터면 객귀가 될 뻔했어요

또다시 북으로 북으로 들어가
여섯 아기 땅에다 묻고 말았어요

북에서도 막치기 더는 갈 수 없어
곱사등이 점쟁이를 찾았더래요

—남으로 나가면 복이 있네라
　북으로 들어가면 화를 입네라

그래서 남으로 다시 기어나와서

지금껏 목숨이 붙어 있네요

아버지 백발을 쓰다듬으며
손자 손녀 앉혀 놓고 말씀하네요

— 북쪽 곱사둥이 점쟁이가 그래도
  남쪽 장님보다 더 잘 아누나

겨레의 성산

백두산

남이장군 칼을 갈던 백두산석은
백의겨레 하얀 얼이 서리었구나
전마가 내달리던 천리 수림은
선열의 넋으로 사철 푸르다

창공을 비껴 담은 백두천지는
불로주 큰 잔인가 감로수런가
압록강 두만강 줄기찬 물이
선구자의 노래 싣고 흘러 흐른다

아 백두천지 맑은 물 한 모금 마시니
이 한 몸 피 끓는다 겨레의 성산이여
백두산 영봉에 손을 얹으니
이내 가슴 높뛴다 겨레의 자랑이여

백두호랑이

늘씬한 허리
보드라운 갈색 털
살그니 만져 보고 싶어도
다가서기 어렵다

세모꼴 두 눈은
울 할아버지 눈 똑 떼 닮았어
쏘아보는 듯
사색하는 듯

빨쭉한 두 귀는
우리집 고양이 똑 떼 닮았어
작은 파리 한 마리에도
패딱거리는 귀

말씀 좀 해줍소사
호랑이 할아버지
담배 피우던 그 시절
구수한 전설을 들려줍소사

아홍— 아홍—
백두호랑이 두 번 포효했다

장백의 열두 골안이
으르렁 —으르렁 —

하 골짜기마다
백두 전설이
막 쏟아져 나온다

천지물

하얀 구름발을 날리며
타래쳐 내리는 벽계수
덥석 쥐어 본 물이다

아아한 백두 열여섯 봉우리
그 평화로운 품에 안겨
짙은 쪽빛으로 빛나던 물이다

먼 길 아장아장 따라 나서서
깎아지른 이백 척 폭포도
성큼 뛰어 내려선 물이다

이제는 부서져도 즐겁다나
와 — 와 — 소리소리 지르며
옥구슬 쥐어 뿌리는 물

놓아라 내 손바닥에서 뛰누나
티 없이 깨끗한 물이여
가거라 네 성미대로 어서

천리고 만리고 이 세상 끝까지
백두의 얼을 안고
자유로이 달려가라 천지물이여

금강산

단풍 가을이 지나 찬 겨울
금강산은 칼산
새파란 날이 섰다

외세에 짓눌려 시달리던
그 옛날 겨레의
날카로운 성미런가

파—란 서슬을
하늘 한끝에 대고
썩뚝 자를 그 기세

금강산이여 언제면 너
잘 드는 너의 칼로 외세를 버히고
동강 난 그대 몸을 이어 주려나

구룡연

구룡연 폭포수 날 반겨
쾅쾅 계곡을 울리는가
아니 구룡연 구룡연이
날 꾸짖어 눈물 뿌린다

너 왜 인제 왔나
반백 년 긴 세월에
철부지 너를 업고
금강산 드나들던 어머님은 어쩌고

너 왜 혼자 왔나
금강산 전차 길을 놓으시던
아버지는 어쩌고
너 왜 혼자 왔나

가슴을 후벼내는 소리
뼛속까지 치는 소리
반가운 나머지
가슴 아픈 서러움이여

내 눈에서도
두 줄기 폭포가 쏟아진다

구룡연!
구룡연!

봉오동의 산

서산과 남산과 동산
산 넘어 또 산 산과 산
독립투사들 산으로 솟았다
어깨를 비비며 기념비로 솟았다

홍범도 사령이 거암으로 솟아올라
하늘의 우뢰를 몰아다
탄환과 우박을 함께 퍼붓던
멸적의 골짜기 봉오동의 산

산만 봐도 전율하던 불청객들은
수치스런 끝장을 본 지 오래다
소나무 절개와 푸른 넋으로
청사에 길이 빛날 우리네 성산

백의겨레는 삼척동자도
봉오동 산의 정기받아 안았다
산으로 서 계시는 애국투사 우러러
우리도 모두모두 산으로 솟으리라

산

삼천리 반도에 산이 많아도
백의겨레 인생길은 모두 네 개 산
조상이 넘은 산은 세 개 산이요
우리가 넘는 산은 넷째 산일세

첫째 산은 기쁨이 솟아 이룬 산
인정이 꽃피는 향기로운 산
백두산 두루미 한라산 물새
모두모두 날아와 너울치는 산

둘째 산은 슬픔이 솟아 이룬 산
구름 안개 자오록이 덮여 있는 산
홑옷 입은 할배 할매 고향 등지고
구름 따라 한숨으로 울며 넘던 산

셋째 산은 분노가 솟아 이룬 산
불길이 황황 일어나는 산
고국의 피 끓는 애국투사들
총칼 들고 용감히 싸워 넘던 산

넷째 산은 그리움이 솟아 이룬 산
눈물이 샘으로 솟아나는 산

분단의 뼈아픔에 몸부림치며
우리들이 하염없이 울고 있는 산

갈수록 높아 가는 눈물산인가
언제 가면 눈물길이 끝날 것인가

바라노니 비운이여 어서 가시라
기쁨의 산, 산아 어서 솟으라

가자 꿈의 나라로

가자 꿈의 나라로
티 없이 푸른 세계로
꽃사슴 타고 달리자
마음 이긴 사슴만이
갈 길을 잘 안다

가자 꽃사슴을 타고
긴 노래는 긴 나팔로
불며 가자 꿈의 나라로
청풍에 검은 머릿발이 날린다
발밑으로는 뒤로뒤로
물러가는 속세의 먼지

어느 고장 떠나왔나
묻지 말아라
갈 길 바쁘다
씽씽 나는 듯이 달리자

이 세상 어느 누구도
가보지 못한 곳이길래
기다리는 이 없어도
목마른 갈증에 우는 나라

뛰자 가자 뛰자
걷잡을 수 없는 발걸음으로
너와 나 그리운 사슴은
한마음
가자 꿈의 나라로
뛰자 티없이 푸른 세계로

견우와 직녀

견우와 직녀
하늘에는 한 쌍
삼천리 반도에는
몇 천 몇 만 쌍인가

은하수를 사이 두고
하늘에선 일년 한 번
오작교에서
붙안고 울지만

반백 년 소식조차 모르는
고국의 무수한 견우와 직녀
붙안고 울음을 터뜨릴
칠월칠석七夕이 없구나

뼈아픈 설움은 하늘 땅 가득했다
언제면 삼천리 반도에
오작교를 놓아 줄 거냐
이 세상 무징한 까마귀들아

돌

분단에 사는
너와 나는 돌
한강 돌이
대동강 돌을 보지 못한다
대동강 돌이
한강 돌을 보지 못한다
돌이 돌을 그리워하는 줄
어느 누가 알아줄까
너와 나는 돌
돌을 대신해
강물이 길게 울고 있다

시골 아이

고향은 시골이나
이 몸은 서울에 있네

서울에 살지마는
마음은 시골에 있네

밤이면 꿈마다
어린 시절로 돌아가

고향 개울물에서
알몸으로 첨벙대는

나는 여직도
여직도 시골 아이

바 다

먼 바다 가는 배
그 어데를 둘러봐도
동·서·남·북
뒤척이는 검푸른 파도뿐

어데선가 날아온
하얀 갈매기
누구를 위안하느라
끽 끽 울어옌다

애달픈 그 소리
가슴에 맺혀 와
울고 싶도록
더 더욱 적막한 바다

깊은 바다 밑에는
찬물도 따뜻한 듯이
캄캄한 물 속도 환한 듯이
고기떼 헤엄치련만

고향을 떠나서
부모처자를 떠나서

바다 등줄기를 타고 가는
이 몸은 외로운 나그네

나는 듯이 오늘도
나는
세상 밖을 비껴 간다

눈

하늘이 소리 없이
하얗게 눈을 내리니
삼라만상은 숙연히
머리를 숙인다

보채던 개울은
입 다물고
날새들은 어디론가
자취를 감췄다

처마 낮은 농가도
머리에 백포를 두르고
무거운 사색에
말이 없구나

이맘때면
해마다
고마운 하늘이
속세의 먼지를 가셔 주는가

흰 산 흰 돌
날리는 눈송이

고요로운 세계여
둘러보니 눈물이 난다

하 늘

하늘이 슬퍼서 울 때
누구든 그 눈물 막지 못한다

하늘이 노래서 외칠 때
누구든 그 불을 끄지 못한다

하늘이 즐거워 웃을 때
밝은 채 맑은 날 꽃도 웃는다

하늘을 우러러 옷깃 여미자
우리네 마음도 하늘 한 조각

정든 꽃동네

뒷동산에 과일꽃 곱게 핀 고향
꽃 속에서 짝짜꿍 놀던 동무야
호랑나비 흰 나비 쫓아다니던
니와 나 못 잊을 정든 꽃동네

능수버들 춤추는 앞냇가에서
모래성을 쌓으며 놀던 동무야
실개울이 좋아서 물장구치던
즐거운 그 시절 정든 꽃동네

향기로운 과일이 주렁질 때에
두 손 잡고 꽃같이 웃던 동무야
깊은 정을 나누는 꽃시절에는
꿈을 키울 내 고향 정든 꽃동네

천 국

한평생
고향을
떠나지 못한 이는
불행하여라

한평생
고향을
돌아가지 못한 이는
더욱 불행하여라

시골도
고향은
마음의 천국
주여 천국을 돌려 주소서.

그리움과 기다림의 시

전국권

그리움과 기다림의 시

천국권(연변대학 교수·문학평론가)

　꿈은 아름다운 것이리라. 서글프기도 하리라. 무엇인가 그리운 것을 꿈꾸는 것이 아름다운 것이요, 또 무엇인가 안타까움을 꿈꾸는 것이 아니 슬픈 것인가. 허나 시인의 심미감정 세계에서는 그리움도 서글픔도 모두 아름다운 것으로 될 것이다. 리상각 시인에게서는 그 그리움과 서글픔이 시세계로 펼쳐지고 있다.

　프로이드는 꿈을 욕망의 자아실현이라 일컬었던 것 같다. 필자의 이해에 따르면 꿈과 욕망은 거의 비슷한 의미로 풀이된다 한 것은 꿈도 '바라는 것'이요, 또 욕망도 '이루고 싶은 것'이니 '바라는 것'과 '이루고 싶은 것'은 같은 뜻으로 이해될 수 있기 때문에 꿈은 각이한 사람에 따라 환몽·환상·환각·갈망·망상 …… 이러한 것으로 해석될 수 있겠지만 나는 그 모든 것을 리상각 시인의 경우에 비추어 고운 뜻으로만 이해하고 싶어진다. 그러니 이런 때는 꿈을 좋은 뜻으로만 이해하고 싶은 것이니 이것은 또 '꿈'이란 말(언어)에 대한 나의 꿈이 아니겠는가. 나는 꿈을 이념·이상·희망·염원·숙원·갈망·추구·탐구·동경·신념·신앙·신심·그리움·기다림·미래·지어 피안

(彼岸), 정신세계의 교회당이라고까지 이해하고 싶다. 기실 꿈이 없는 사람이 어디 있으랴. 꿈을 지니고 그 실현을 위해 망망고해에서 끈기 있게 살아가는 것이 인간이며 인생이 아닌가. 그래서 나는 또 인생을 꿈, 꿈의 실현 과정이라 부른다.

 그렇다. 리상각 시인이 바로 그런 아름다운 꿈을 지니고 살아온 시인이라 하겠다. 시집 「울지를 않으마」에서 읽을 수 있듯이, 중국 조선민족 시단에서 수십 년간 활약하고 있는 이 시인에게는 늘 집요하게 추구하는 고운 꿈이 하나 있다. 그 꿈이 바로 그리움과 기다림으로 표현되고 있다. 그것은 이 시인의 심미관념과 심미감정의 중요한 내용의 하나로 되고 있다. 그 그리움과 기다림은 곧바로 조상의 넋과 뼈가 묻힌 고토(故土)와 고향에 대한 집요한 사념의 정이다. 그 사념은 마치도 리성의 푸른 하늘 아래 밤낮없이 감정의 활화산에서 분출되는 불길과 같이 뜨거운 것이었다. 그 열도는 어데서 온 것일까. 아마도 그것은 우리 민족의 역사적인 불행에서 오는 것이리라. 실로 우리 민족처럼 재난과 불행이 많은 민족이 세상에 어데 또 있을까. 남의 땅 하나도 다치지 않고 유구한 세월을 내려오면서 인류의 가장 깨끗한 양심과 도덕, 높은 슬기를 고이 지니고 살아온 하나의 족속이지만 오늘도 서로 떨어져 한스럽게 살고 있는 것이 현실이 아닌가. 여울 험한 현해탄을 헤쳐, 탁류 굽이치는 두만강을 건너, 풍랑 세찬 머나먼 바다와 대양 건너 살 길 찾아 산 설고 물 설은 이역으로 떠나간 그네들, 그네들에겐 타민족에게서 보기 드문 독특한 감정세계가 있다. 이른바 망향시가 이토록 많은 민족이 어데 또 있을까. 하기에 고향 떠나 세계 각지에 흩어진 우리 겨레들에게는 오래오래 가슴속에 서린 한과 사랑이 따로 있다. 그런 감정이 리상각 시인에게서 보는 시세계이다. 그리움과 기다림이 그것이다. 그것은 고향 떠나 사는 우리 겨레 모두의 심리

심층 속에 잠재의식으로 깔려 있는 감정이다. 그런 심층의식
이 리상각 시인에게서는 다정다감한 형태로 나타난 것이 이
시집이다. 이 시집을 읽은 독자라면 모두 배달민족으로서의
감정적 동질성을 스스로 확인하게 될 것이다.

'고향 그리워 / 나 홀로 보는 달 / (중략) 그리움 빚어서
/ 하늘에 띄운 달은 / 고향의 얼굴 / (중략) 아 언제 어디서
나 / 내 눈에 들어오는 / 망향월'(시 〈망향월〉)

시집에서 그리움과 기다림으로 가득 찬 시를 들어 본 것이
다. 시집「울지를 않으마」에 실린 많은 시들은 이처럼 다분히
절절한 향수의 정에 깊이 젖어 있다. 그 그리움의 대표적인
예를 하나 더 들어 본다.

'금강산 솔씨 하나 / 두만강 날아 넘어와 / 북국 칼벼랑에
/ 뿌리를 박았네 // 비바람에도 / 눈보라에도 / 애솔은 /
푸른 빛 짙어 가네 // 그리워 남으로 뻗은 솔가지 / 흔드는
푸른 옷소매는 / 눈물에 젖었네'(시 〈솔〉)

이 시는 중국 땅에 억센 뿌리를 내린 우리 겨레 생활사의 시
적인 기록이며 마음의 진실한 목소리다.

시인은 자기 시의 세계를 고국과 고향에 대한 그리움의 감
정세계로부터 더 승화시켜 겨레의 대동, 대회합(大會合), 대
통일의 경지에까지 끌어올리고 있다.

시인은 '해방의 종소리 울린 지도 반백 년 / 소식조차 묘연
해 몸부림치며 / 비탄에 울고 있는 백의겨레여'(시 〈더는 참
을 수 없는 뼈아픔〉) 하고 남북분단에 대한 비분을 토로했고,
감정색조가 명랑한 시에서는 이렇게 외친다. '깃발같이 펼쳐
진 노을에 / 횃불같이 타오르는 노을에 / 금빛을 뿌리는 글
발— / 조선의 노을은 / 통일의 깃발이다!'(시 〈노을에 새
겨진 글발〉)

이렇게 이 시인의 시는 그리움이 은근하면서도 또한 조선적

인 감정 비등점에서 타오르는 뜨거운 불길로, 반도의 통일을 끝없이 갈망하는 시인의 이성이 푸른 하늘로 유난히 돋보인다.

이런 감정과 이성은 세계 각지에 흩어져 사는 5백만 백의겨레 모두의 불 같은 영원과 갈망의 시적인 대변이기도 하다. 리상각 시인의 시는 통일주제를 뚜렷이 내세우고 그의 시세계를 확대하면서 우리 겨레 독자들 속에서 그 감정적 동질성을 확인시키는 동시에 또한 이성적인 호소력을 가지게 될 것이다.

울지를 않으마

울지를 않으마

초판 인쇄·1995년 9월 20일
초판 발행·1995년 9월 26일

지은이·리상각
펴낸이·임종대 / 펴낸곳·미래문화사

등록번호·제 3-44 / 등록일자·1976년 10월 19일
주소·서울시 용산구 효창동 5-421 ☎ 140-120

전화·713-6647 / 715-4507
패시밀리·713-4805

값·3,000원

· 작가와의 협의하에 인지는 생략합니다.
· 잘못 만들어진 책은 바꾸어 드립니다.